KB138517

목차

2
여행과 풍경

3
사물과 동물

글자와

와

1

간판

음식점NF

음식점NF

고민
해결해주고
성공하는
사주집

#글자 #간판 #수상한 장소

모든 비밀을 털어놓아야 할 것 같은 범종교적인 이름을 가진
사주집을 만났습니다.

간판에 써진 '성공하는' 대상이란 고민의 주체일까요, 아니면 해결의
주체일까요? 여러 궁금증에 이끌려서 왠지 들어가 보고 싶어지는
마성의 간판입니다.

정말로 고민이 해결되고 성공할 수 있을지는 모르겠습니다만, 적어도
매번 이 간판을 지나칠 때는 갖고 있던 고민을 잊곤 했습니다. 그리고
어두운 밤에 꽤 먼 거리에서 이 흐릿한 간판을 제대로 렌즈로 포착했으니
사진 찍기에 성공했다! 고도 말할 수 있겠네요. 또는 이 간판을 발견한
일 자체가 작은 성취처럼 느껴지기도 합니다.

꿰맞추기가 심하다고요? 꿰맞추기가 심한 쪽은 이 간판 왼쪽에 그려진
얼굴들입니다!

사주를 보는 일도 때에 따라 가끔 그렇게 느껴지니까요. 우선 제 자신부터
부정적인 말을 들어도 필사적으로 좋은 쪽으로 해석하려고 노력하는데요.
안 좋은 점괘를 들으면 긍정적으로 무리하게 꿰맞추는 노력이 버거울 것
같아 매번 사주집을 지나칩니다. 사주라는 것을 마음 편히 볼 수 있으려면
왠지 저 간판처럼 좋게 좋게 꿰맞추는 마음가짐이 필요한 것 같습니다.

꼬마김밥 간판

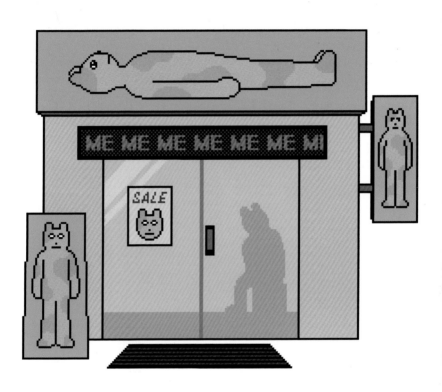

가게 이름이 적힌 메인 간판 아래에 꼬마김밥만을 길게 나열해둔
간판이 달려있습니다.
음식 모양으로 만든 간판이나 간판 한 구석에 음식 사진을 넣은 간판은
보았어도, 전체를 음식 사진으로 가득 채운 네모난 간판은 드물지요.
이 집이 꼬마김밥집이 아닌 그냥 김밥집이었다면 간판에 한 줄의 거대한
김밥이 들어갔을 것입니다. 예를 들자면 긴 면발로 가득 찬 국숫집의 간판,
긴 핫도그가 크게 들어간 핫도그 가게의 간판처럼요. 어느 쪽이든, 흔히 보지
못할 광경이네요.
느닷없이 오직 사진만으로 꽉 채운 간판은 각인 효과가 뛰어나다는 것을
알았으니 응용을 해봅시다. 꼭 음식 사진이 아니어도 되겠지요? 간판에
창업자의 사진을 넣는 경우가 종종 있습니다. 긴 간판에 창업자의 사진이
끝없이 복사+붙여넣기 된 간판을 상상해보았습니다…. 이 또한 상당히
뇌리에 선명히 남을 간판입니다.
그런데 만약 이 기다란 꼬마김밥 사진이 작은 김밥 더미를 복사+붙여넣기 한
결과가 아니라, 실제로 길게 나열된 한 판의 김밥을 그대로 넣은 간판이라면
얘기가 또 다른데요. 인물 사진의 경우 복사+붙여넣기만으로는 역시
이 꼬마김밥 더미만큼의 자연스러운 연출이 되질 않죠. 해당 꼬마김밥
사진의 진정성이 반영되려면 긴 간판 전체에 창업자의 전신을 찍은 사진을
넣어야 대등할 것입니다.
말없이 창업자의 전신만이 들어간 간판. 가로세로 간판 어디에나
어색함 없이 어울리면서도 사람들의 기억에도 확실하게 남을 궁극의
사진 간판입니다. 지금 이 글을 읽고 계신 독자분 중에서 이것이
괜찮은 아이디어라고 생각하는 자영업자분이 있으실 경우 꼭
도전해보셨으면 좋겠습니다.

머리 공원

'공원'이라는 단어에는 전형적인 공공장소의 이미지가 있습니다. 제게
공공장소란 '영원히 머무는 사람이 아무도 없는 곳'입니다. 아무도 서로 신경
쓰지 않으면서 동시에 서로에 대해 신경을 곤두세우고 있는, 평화로우면서도
경직된 분위기가 떠오르죠.

간판의 '머리 공원'이라는 말을 보고 각자 떠오르는 것이 있겠지만,
제가 상상한 풍경은 사람 머리통이 곳곳에 놓인 넓은 잔디밭 공원입니다.
뒤늦게 이곳이 미용실이라는 걸 떠올려도 풍경은 변하지 않습니다.
변한 것이 있다면 놓인 머리통이 전부 인조모가 빽빽한 마네킹 머리가
되었다는 정도일까요.

이 공원의 상상도를 잠시 묘사하겠습니다. 인공적으로 조형된 조경수들의
듬성듬성한 사이를 사람들(더러는 단정하게 차려입었습니다)이 조용히
산책하고 있습니다. 넓은 잔디밭에 사람 머리가 일정한 간격을 두고
놓여있습니다. 새벽에 가까운 아침인지 날씨는 그다지 맑지 않고 안개가
옅게 껴있네요. 하늘은 채도가 낮아 푸르스름한 잿빛입니다. 혼자 벤치에
앉은 사람이 머리들을 신경 쓰며 공원을 지나치는 사람들의 동선을 눈동자로
쫓습니다. 머리들의 급작스러운 움직임을 예고하는 폭풍의 눈인 듯 가라앉은
공기와 함께 낮은 긴장감이 흐릅니다. 시야 밖으로 누군가의 시선이 붙는
느낌에 고개를 돌려봐도 머리들은 흐트러진 채 각자의 방향을 바라보고 있을
뿐이네요.

그런 기묘함이 평범한 공기 속에 위장 중인 공원의 풍경이 떠오릅니다.
이런 상상도를 그리며 친구와 간판을 지나치는데 외진 곳이라 그런지
길에 사람이 몇 없었습니다. 방문한 지역이 군부대 근처라서 몇 없는 사람
중 대부분은 군인이었습니다. 하늘은 구름 없이 채도가 낮은 푸르스름한
잿빛이었고, 지나치는 외지인들의 뒷모습마다 군인들의 시선이 띄엄띄엄
따라갔습니다. 방금 떠올린 상상 속 공원의 이미지와 함께, 그런 장면들이
묘하게 기억에 남는 하루였습니다.

빈 상가

어쿠스틱카페입점문의 1577

힐링카페입점문의 1577

음악카페입점문의 1577

보드카페입점문의 1577

타로카페입점문의 1577

파충류카페입점문의 1577

핸드폰소품카페입점문의 1577

미어캣카페입점문의 1577

플라워카페입점문의 1577

애견카페입점문의 1577

고양이카페입점문의 1577

만화카페입점문의 1577

너구리카페입점문의 1577

애니멀카페입점문의 1577

일산의 어느 빈 상가에 임대 문의를 받는 전화번호가 빼곡하게 붙어
만든 격자입니다.

입점 가능한 업종에 대해 경우의 수를 최대한 많이 적어놓았는데, 업종 모두
'카페'라고 되어있으나 커피만을 제공하는 일반적인 카페는 아닙니다. 이런
특수 카페들의 수요가 평균적으로 보장되지 않은 편이라는 것을 생각하면
임대인이 생각했던 어떤 구체적인 그림이 있었으리라 추측합니다.

당장 떠오르는 것은 음악이 흘러나오는 카페에서 동물을 쓰다듬으며
오후의 햇살을 즐기는 임대인의 모습입니다. 아마 이런 풍경을 마음 깊은
곳에서부터 '힐링'이라고 정의한 것 같습니다.

그런데 다른 건 몰라도 '힐링카페'와 '음악카페'는 정확히 무엇일까요?
문의 전화를 건 사람이 임대인으로부터 힐링카페와 음악카페에 대해
자세한 설명을 듣는 장면이 떠오릅니다. '보드카페'도 육지와 해상 중 어느
쪽 보드를 말하는 건지 잠시 고민했습니다만, 이건 둘 중 어느 쪽도 아닌
'보드게임' 카페를 말하는 게 아닐까 싶네요.

이곳이 결국 어떤 건물이 되었을지 궁금해집니다. 오래전 찍은
사진이기도 하고 적어도 제게는 그 이후로 굳이 다시 찾아갈 만한 목이
아니었기 때문입니다.

임대인은 과연 원하는 풍경을 찾았을까요?

숨통

#글자 #건물

오랜 세월이 느껴지는 작고 지저분한 건물입니다.
녹슨 간판에 달린 이름은 거의 해체되어 '흐ㅓ ㅂ'이라는 말로
바뀌어있습니다. 신음인지 기합인지 모를 이 글자들이 마치 건물이
낡아가며 내지르는 소리처럼 느껴집니다. 간판에 스며든 녹 때문인지,
아니면 벽을 뒤덮은 낙서들 때문인지, 숨이 끊기기 직전의 단말마처럼
들리기도 합니다.
건물은 숨이 막혀가며 괴로울지 모르지만, 이곳은 답답한 상황에 처한
사람이라면 누구든 지나가며 잠시나마 숨통을 틀 수 있는 곳입니다. 예를
들어 걷다가 발을 찧었다거나, 일행에게서 냄새가 나는데 친하지 않아
말하기 힘들거나 여하튼 대놓고 소리내기 곤란한 경우에는 이 앞에서 흐어업
하고 냅다 소리를 지를 수 있습니다.
그 뒤의 행동은 아시다시피 간단합니다. 이 간판을 가리키며 그냥
재미있어서 따라 읽었다고 하면 되죠.

아무도 없는

#글자

어느 날 뼈가 부러져 처음으로 간 정형외과에 이런 게시판이 걸려있었습니다. 분명히 '초이스에서 치료한 유명 연예인 및 스포츠 스타'라고 적혀있는데, 별처럼 빛나는 건 황금색의 빈 게시판밖에 없네요.

저 자신을 구조화해 세운 빌딩을 상상해봅니다. 살며 공인을 만날 일이 많지 않으니, 유명 연예인과 스포츠 스타까지는 아닌 '내가 빛낸 사람들'이란 게시판을 로비에 거는 상상도요. 게시판 색상은 제 마음에 드는 색으로 해야겠습니다. 아무런 내용을 걸지 못하더라도 저 혼자서 감상하며 만족할 수 있도록 말입니다.

이 병원의 원장님도 사실은 황금색을 좋아하시는 분이 아닐까 생각해봅니다.

앗! 기로다

#글자 #간판 #여행

계단 모양 에메랄드색 건물에 흰 간판이 말풍선처럼 걸려있습니다.
길을 걷다가 마주친 간판이라 그런지 하늘에서 갑자기 등장한 만화
속 계시처럼 느껴졌습니다. 기로岐路인 줄도 몰랐는데 작가가 컷 안에
들인 글자들 때문에 비로소 기로임을 깨달은 만화 주인공처럼요. 막상
눈앞의 길은 기로가 아니었기 때문에, 제가 어떤 기로에 놓였는지
생각해보았습니다.
살면서 많은 갈림길이 있다지만 이런 가게 이름을 지은 주인의 선택지란
무엇이었을지 궁금해집니다. 길 잃은 배고픈 사람들을 이 음식점에
가느냐 마느냐?의 갈림길에 강제로 데려다 놓으려는 목적일까요?
일상의 수많은 기로 앞에서 매번 저 스스로 갈 길을 결정해야 한다는 것을
자각할 때마다, 가끔은 이런 계시와 같은 것들이 갑자기 나타나 주길 바랄
때가 있기도 합니다. 어차피 인생이 마음대로 되지 않는 것이라면 누군가가
제 일상에 하나하나 적어주었으면 싶죠.
앗! 행운의 징조다.
앗! 함정이다.
앗! 내가 찾던 바로 그 운명의 사람이다.
이렇게 말입니다.

야!

잠이 확 깨는 디자인의 잠 깨는 음료입니다.

딱딱한 서체의 빨간색 글씨와 보색인 연두색 집중선이 함께 디자인된 음료들이 여럿 모여 있으니 시각적으로도 신선합니다.

제 학창 시절에도 이 음료가 있었다면 얼마나 좋았을까요? 만약 당시에 이렇게 보는 것만으로도 잠이 깨는 음료가 있었다면 어리석게 수업의 반 이상을 잠으로 보내지 않았을 것입니다. 기능성 음료가 이런 적절한 디자인과 함께일 때의 장점은 다 마신 뒤에도 그 음료의 수명이 다하지 않는다는 것이지요. 학교 매점에 이 음료수가 있었다면 하나만 구매해도 아침부터 저녁까지 온종일 책상에 세워놓고 쳐다보며 졸음을 쫓을 수 있지 않았을까 생각해봅니다.

학교 다니며 잠을 깨던 방법으로 지금 와서 떠오르는 것이 하나 더 있습니다. '야!' 음료 대신 그때 학교 매점에는 '와!' 아이스크림이 있었는데요. 평범한 아이스크림이었지만 그 포장지를 보기만 해도 귀신처럼 눈을 뜨는 친구가 저 포함 많았던 기억이 나는군요.

어떤 연구회

#간판 #수상한 장소

＊ 진해에 있는 어느 연구회의 커다란 간판입니다.
인터넷에 검색해도 별다른 정보는 나오지 않지만, '라면'은 인스턴트식품
하면 생각나는 대표적인 음식이라 투철한 사명감을 가지고 운영되는
곳이라는 인상을 줍니다.

＊ 하지만 라면 연구에 실질적인 도움을 주는 모임이라면 더 큰 자본과 규칙
아래 허름한 간판 없이도 잘 운영될 수 있지 않은지 의구심이 들기도
합니다. 즉, 여러 라면 회사의 각 개발팀에서 그런 역할을 이미 하고 있을
것이라는 말입니다. 그럼 이 모임은 '건강한 라면'을 연구한다는 것을
대문짝만하게 공표해야 할 정도로, 방해받지 않을 만한, 어떤 건전한
명분이 필요한 모임인 것을 알리는 간판인 걸까요(마치 SNS 프로필
사진처럼요)?

＊ 물론 이런 제멋대로의 추측은 해당 연구회 관련자분들께 큰 실례입니다.
앞서 한 말들은 순전히 의미 없는 주관의 나열에 불과함을 알립니다.
정말로 비밀스러운 모임이라면 이렇게 대놓고 이목을 끄는 이름을
사용하는 건 말이 되지 않죠.

＊ 하지만 어떤 대상에 푹 빠진 사람은 어느 정도 광기를 갖고 있다는
선입견이 있지 않나요? '마니악'이야말로 어떤 것이든 숨기기에 최적인
태도입니다. 대상에 대한 오타쿠 같은 집착을 기반으로 한다면 어떤
돌발행동도 결국은 가능한 사건이 되니까요.

이상 저의 오타쿠 같은 집념을 기반으로 한 돌발 생각이었습니다.

외계인 간판

지나칠 때마다 눈길을 사로잡는 곳이지만 정체는 늘 베일에 가려있습니다. 검색해본 바로는 은행잎 원료의 '혈행단'이라는 건강 기능식품을 파는 중국 면세점이라고 하는데요. 왜 스냅백을 쓴 외계인(혹은 은행일 수도) 캐릭터와 비장한 로고가 그려져 있는 걸까요? 외계인을 위한 면세점일까요? 인터넷 검색 결과에 오래된 영양제 사진 몇 장 말고는 별 단서가 나오지 않는 것을 보면 면세점으로 위장한 다른 목적의 회사일 수도 있다는 의심이 들기도 합니다. 혈행단이란, 피의 흐름을 좋게 해주는 보조식품이라고 하는데요. 어쨌든 동아시아 사람이라면 피를 뜻하는 한자를 보았을 때 섬뜩한 추리를 하게 되는 것을 막을 수 없는 듯합니다.

이런저런 상상이 깊어지니 왠지 피가 싸늘하게 식는 것이 제게도 혈행단이 필요하다는 착각이 드는데요. 혹시 이것이 이 집의 마케팅 비법인 걸까요? 아직 저 미스터리한 로고에 대한 궁금증은 해소되지 않았습니다만, 영 외계인인 것을 숨길 생각이 없는 로고가 곧 이곳의 정체성일 것으로 추측해봅니다.

으르렁

으르렁이라니, 애견카페에 쓰기엔 특이한 이름이네요.

이름을 짓게 된 경위가 궁금하긴 하지만, 아직까지는 단순하게 귀엽고 재미있는 이름입니다. 사람들은 동물의 말이라면 부정적인 언어도 전부 귀여움으로 퉁 치거나, 생물학적 특징 정도로 뭉뚱그려 인식하곤 하니 그런 맥락일 거예요. 동물의 경우 가산점이 붙지만, 대상이 꼭 동물이 아니더라도 언어가 전혀 통하지 않는 다른 두 생물 집단이 있다면 서로를 무한히 귀여워할 수 있을 겁니다.

그렇지만 주체와 대상 모두 인간이라면 달라집니다. 서로 말이 통하는 사이에 이 정도로 솔직하면 징그럽거나 미움을 살 뿐입니다.

인간 기준으로 비슷한 이름들을 지어보겠습니다. '저리 가 음식점' '안 잘라 미용실' '그만해 피트니스' '오지 마 카페' '싸우자 술집'…. 이런 이름들은 아무리 농담이라고 우겨도 유머를 가장한 진심이 가시처럼 드러나 심장이 싸늘하게 식죠.

만약 싫은데도 사정상 억지로 가게를 하는 사람들이 있다면 이런 이름을 진심으로 짓고 싶을지도 몰라요. 그렇지만 실제로 그런 상황이라면 속내를 숨겨야 하는 경우가 많을 겁니다. 그들을 위해 다시 제안을 해보겠습니다. '조리家 음식점' '안젤라 미용실' '그만의 피트니스' '오시마大島 카페(일본풍)' 'South Jar 술집'….

어떤가요? 별로라고요? 저도 깊이 생각하고 지은 이름들이 아니니 너무 뭐라고 하지 말아주세요. 저는 인간 말을 알아듣습니다. 아무리 뭉뚱그려도 으르렁 정도로는 들리지 않는다니까요.

인생의
빛

음식점 문에 눈을 사로잡는 세 글자가 있습니다.

보통은 가게의 대표 메뉴를 써두는 위치에 탄수화물 3대장의 이름이….

이렇게 빛의 3원색으로 표기된 것이 아무래도 우연은 아니겠지요.

일해

여러 번 다르게 읽어보려 애썼지만 실패한 간판입니다.

글자의 색깔도 그렇고 한자의 독음으로 추측해도 그렇고 어떻게 읽든 간판 정중앙에 해가 떠오른 듯한 이미지를 연상할 수밖에 없어 마음이 초조해집니다. 월요일 아침의 기분이 들기 때문입니다. 심지어 '일해'라는 글자가 적힌 간판이 하나가 아니라 여러 개 있어 더욱 의미심장합니다.

상사에게 실적을 압박받는 부하 직원이 된 기분으로 기가 죽어 지나쳤던 곳입니다만….

최근에 검색해보았더니 이곳의 정식 풀네임은 '일해 상사'라는 것을 알게 되었습니다.

그 순간, 마음이 급속도로 편안해졌습니다.

잔비어스

잔만 빈 줄 알았는데, 가게도 같이 텅텅 비었습니다.

간판을 '가게비어스'로 바꿔야 하지 않을까요? 잘 보이지 않는 창문 한구석에 애써 매달린 임대 문의 연락처를 위해서라도 말입니다.

이 휑한 건물을 보고 있으면 유명한 어느 시의 한 구절이 떠오릅니다.

멋모르고 부어라 마셔라 했던 과거의 몇몇 술자리의 기억과 함께요.

감히 그 시를 인용해서 말해보자면, 슬프게도 술잔이 지나간 자리마다 폐허였네요.

정신 자석

정신을 끌어당기는 자석을 모두가 하나씩 가질 수 있다면 자신과 정신세계가 잘 맞는 사람을 찾는 일이 정말 쉽겠죠. 이미 만난 상대가 있다면 둘 사이 느껴지는 끌림을 통해 서로의 정신이 어딜 향하고 있는지를 가늠해볼 수도 있을 겁니다.

그리고 무엇보다도 가장 좋은 것은 술에 취해서 정신을 놓칠 걱정은 하지 않아도 될 것이라는 점이에요. 그런데 자석이기 때문에 하나가 붙으면 다른 하나는 잡는 힘이 약해질 것입니다.

이 간판은 처음 알게 된 분과 술을 마시고 이동하던 길에 마주친 간판인데요. 술을 마셨음에도 제 정신은 자석으로 잡힌 듯 말짱했지만. 그래서였는지 상대방의 정신은 어딜 향하고 있는지 도저히 알 수 없었던 하루였습니다.

제일 좋은

빌라들이 밀집된 지역을 지날 때 건물 이름을 유심히 보는 편입니다. 기억에 남을 만큼 재밌는 이름들이 종종 있거든요. 건너서 듣기로는 건물을 짓거나 살 때 무속인으로부터 이름을 받는 경우도 있다고 합니다. 글자의 오행五行 등을 이용해 부족한 터의 기운을 보충하거나 대박을 노리는 비방秘方을 쓰기도 한다더군요. 나쁜 기운을 누른다는 믿음일 수도 있고요. 예를 들어 건물 이름에 '가나다'가 들어가면 좋다든가…. 어쨌든 건물명으로 쓰일 거라곤 예상치 못한 이름이 간혹 등장하는 것은 그 때문이라네요.

이 빌라의 이름도 그런 자문을 받아 지어진 이름이 아닐지 의심해봅니다. 두 글자에 초성이 'ㅈㅈ'여야 한다는 조언을 들었을 수도 있습니다. 그런 조건을 만족시키는 단어가 많지 않습니다. 아마도 떠오른 말들 중 '젤존'이 개중 가장 나은 선택이었던 게 아닐까요?

과연 최선이었을지는 건물주만 알고 있겠지만, 적어도 제가 본 빌라 이름 중에서는 최고의 이름이라고 생각합니다.

줌바
요가
댄스
매트필라테스

시간/요일	월	화	수	목	금
9시~9시 50분	줌바		줌바		줌바
9시~10시50분	요가	댄스	요가	댄스	요가
19시~19시50분	댄스	요가	댄스	요가	댄스
20~20시~50분	댄스	요가	댄스	요가	댄스
21시~21시50분	매트 필라테스		매트 필라테스		매트 필라테스

12인 미만은 폐강

보자마자 기계적인 리듬감이 느껴지는 스포츠센터 안내문입니다.
한국의 '다프트 펑크Daft Punk'가 있다면, 그리고 그들이 업종을 바꿔
스포츠센터를 차린다면 이런 스케줄표가 나올 것입니다. 혹은 해체를 선언한
다프트 펑크가 한국에서 새로운 삶을 시작했다고도 유추할 수 있겠습니다.
아무도 예상하지 못한 분야로 이전의 뮤지션 정체성은 숨겼지만, 규칙적으로
댄스 수업이 있는 것을 보아 음악적 기량(혹은 직업병)은 숨기지 못한 것을
알 수 있습니다. 스케줄표의 모양도 불필요하게 정사각형에 가까워 디제잉에
자주 쓰인다는 미디컨트롤러의 모양이 연상됩니다. 혹시 해체한 그들의 이후
행방에 관심이 있는 팬이 있다면 이쪽을 체크해보는 것도 나쁘지 않겠네요.
아티스트를 보지 못하더라도 열두 명 이상이 모인 공간에서 음악을 즐길
수 있으니 다프트 펑크의 팬이라면 평소 취향과도 잘 맞는 도전일 거라
생각합니다.
말도 안 되는 영업 때문에 이쯤 되면 오히려 제가 이곳 센터장인 게 아니냐는
의심을 살 수 있겠습니다. 기대하신 분들께는 죄송스럽게도 저는 관련이
없답니다. 저는 아주 잠깐이지만 디자인을 공부한 적이 있는데요, 그래서
이런 엉성한 모양의 스케줄표를 보면 유혹을 못 참고 사진을 찍게 되곤
하지요. 그래서 음악보다는 그쪽이 저의 직업병입니다.

짐 캐리

#글자

배우 짐 캐리는 코미디 연기로 유명해졌지만, 후에는 그 고정된 이미지를 탈피하기 위해 매우 스트레스를 받았다고 합니다. 그래서…
짐 캐리 씨가 실제로 이 이름을 좋아할지, 싫어할지 정말 궁금합니다.

하이에나

#글자 #간판

간판에서 야생적인 기운이 느껴집니다!

고기 조각 같은 판에 새겨진 이름이 눈에 띕니다. 한국어를 모르는 외국인에게 보여줘도 이 간판 자체의 아우라에서 가게 이름을 유추할 수 있을지도 모릅니다. 어떤 가게일까요? 하이에나는 '굶주렸다'는 수식어가 자주 붙는 동물인 만큼 배고픈 사람들이 모이는 곳일 수도 있겠습니다. 어둠 속을 어슬렁대는 이미지처럼 즐길거리를 찾아 밤거리를 헤매는 사람들을 위한 공간일 수도 있고요.

하지만 보편적인 인식과 다르게 하이에나는 매우 성실한 태도로 살아가는 동물이라는 것을 짚고 넘어갈 필요가 있습니다. 비겁한 똘마니 정도의 모습으로 자주 그려지는 것에 반해 사실은 무리 지어 모계사회를 이루고 살며, 사자와 자웅을 겨루는 포식자의 위치에 있는 동물입니다.

이 간판의 이름도 하이에나의 진짜 모습을 아는 사람이 지은 것일지도 모릅니다. 사실은 이곳이 암컷 하이에나 우두머리와 같이 내로라하는 여성 리더만 출입할 수 있는 가게라는 상상을 해봅니다. 어쨌든 저는 입장 못 할 수도 있지만, 틀림없이 가게 안은 멋진 풍경이지 않을까 합니다.

헬

#글자 #간판

저는 종교가 있지만 제 의지로 가지게 된 종교가 아니라서 그런지, '있다'고 불리는 신이라면 존재를 가리지 않고 다양하게 믿는 편입니다. 거의 설화를 듣는 정도의 개념으로 접근하기 때문일까요? 그만큼 사후세계에 대한 상상도 자주 합니다만, 고정된 특정 모습의 사후세계는 상상하기가 조금 어렵습니다. 지옥에 대한 생각도 마찬가지입니다. 미디어에서 표현되는 지옥의 모습이 셀 수 없이 다채로운 것처럼 머릿속에서도 각종 이미지가 뒤죽박죽 엉켜있지요.

그래도 종교 불문 비슷하게 묘사되는 점은 지옥이 죄목별로 여러 층과 다양한 테마로 나뉜다는 점인 것 같은데요. 지옥도 시대의 흐름에 영향을 받는다면, 지금 어느 지옥의 층에는 고문 기구 대신 각종 운동 기구가 들어서 있을 수도 있겠습니다. 어떤 종교에서는 생전 음식을 줄이고 배고픔을 느끼는 일도 스스로 업을 청산하기 위해 겪는 고통의 일종으로 본다고 하니, 우리가 현생에서 운동을 하고 식단을 조절하는 것처럼 그 지옥에서는 죄인들이 같은 고행을 실천하고 있을 수도 있겠고요.

지옥의 위치는요? 살아서는 결코 알 수가 없겠습니다만 흔히 하는 말 중에 천당과 지옥을 오간다 혹은 천당과 지옥은 일상 도처에 어디든 있다는 말이 있지 않나요?

어쩌면 지옥은 이렇게 길거리 건물 3층에 있을지도 모르겠습니다.

여행과

2

풍경

감자
그래픽
월

#풍경 #사물 #자연

눈을 흐리게 뜨면 마치 자연을 테마로 하여 잘 디자인된 벽지로 보입니다. 넓게 펼쳐진 초원에 산과 둔덕들을 가로지르는 하천이 보이는 것 같기도 합니다. 각기 다른 곳에서 온 감자들이 패턴으로 모여서 하나의 그림을 만들었다고 생각하니 위쪽 감자 박스에 쓰인 '감자의 꿈'이라는 말이 새롭게 다가옵니다. 디자인 벽지로 보이는 것에서 그치는 것이 아니라 박스들이 그 자체로 벽을 이루고 있으니 이는 인테리어 오브제 '감자 그래픽 월wall'의 완성입니다.

이 벽을 통째로 집으로 옮겨 장식하는 상상을 해보았습니다. 이 '감자 그래픽 월'은 상상외로 꽤 인기를 끌 수 있습니다. 요즘은 자연을 모방한 인테리어 벽지나 포스터 등이 유행이니까요. 유니크한 감자 패턴도 무시할 수 없지만, 사실은 실용성이 더 큰 장점입니다. 이 감자 벽이 표현하는 자연은 다른 인테리어 벽지처럼 표면적 허상이 아닙니다. 벽에 구멍을 내어 손을 넣어보면 실제로 감자가 잡히죠. 감자 그래픽이 표현한 대지의 실제 역할을 그대로 수행하고 있습니다.

디자인이야 앞으로도 계속해서 발전할 테지만, 멀지 않은 미래에 중요한 것은 디자인뿐만이 아닙니다. '생존'만이 인류의 최고의 문제이자 주제, 즉 '뜨거운 감자'가 될 것입니다. 점차 악화될 기후위기로 어지러운 세계의 이목을 사로잡을 것은 '식량'입니다. '뜨거운 감자'란 열띤 논쟁의 주제를 비유적으로 이르는 말이지만, 미래엔 말 그대로 '감자'가 '뜨거운 감자'가 될 가능성이 있습니다. 그런데 손만 넣으면 식량(감자)이 나오는 인테리어 월이라…. 더 이상 말이 필요하지 않겠지요.

'감자 그래픽 월', 모든 감자와 인류의 꿈이자 미래입니다.

거여역

<거여역을 위한 시>

어느 날 거여역이 나에게 말했다.
"제 이름으로 말장난하지 마십시오."

나는 그 말을 거여역 했다

꼬마 자동차

자투리 상식

'어이'는 사실 맷돌의 손잡이줄
이르는 말이 아닙니다.

마음에 안 든다고
폭력을 휘두르면 안 됩니다.

'꼬마 자동차'라는 이름을 달고 있지만 어딜 봐도 꼬마 같거나 꼬마를 위한 이미지가 없는 간판입니다. 우락부락한 동물들이 살벌하게 운전대를 잡고 있네요.

물론 조그만 자동차들을 타는 놀이기구니까 이런 이름이 붙었겠지만, 보면 볼수록 동물 폭주족들이 작은 차를 탄 사람에게 시비를 거는 간판처럼 보입니다. 아마도 이름 앞에 어이~가 붙으면 비로소 완성된 간판으로 보이지 않을까 싶습니다. 그러나 어이~는 없습니다.

아쉽게도 이 놀이기구 간판은 그냥 어이없는 간판으로 뇌리에 남고 말았습니다.

꽃무늬
아이스박스

이 노란 꽃들은 가짜입니다.

실제와 그 실제를 본뜬 이미지가 한 화면에 있으면서 그 둘의 간극이
크면 클수록 저도 모르게 유심히 보게 됩니다. 아마도 이 아이스박스는
삭막한 도심에 경쾌함을 주자는 목적으로 튀게 디자인되었을 거예요. 그러나
아이스박스의 푸른색이 위에 펼쳐진 하늘과도 살짝 다르고, 화려한 꽃이
그려져 있지만 정작 박스에 꽃은 자라고 있지 않습니다.

이 화려한 아이스박스 속에서 천천히 대파가 자라고, 이 풍경에서
가장 단순하게 생긴 박스인 뒤편 옥탑방에서 사람이 자라고 있다는
생각을 해봅니다.

누운 콘

#풍경 #사물

일산 이케아 앞 도로변에서 드러누운 콘을 발견했습니다.

정말 한적하게 누워있네요.

사물이 망가진 뒤 역설적으로 생명이 있는 것처럼 보이는 순간이 있습니다. 반대로, 사람이나 동물은 파괴되면 오히려 사물이었던 것으로 착각되곤 합니다. 사물에도 죽음이 있을까요? 사물의 경우 죽음이라는 개념은 관념적으로밖에 적용될 수 없다고 생각합니다. 사회적 의미의 죽음만이 유효할 수도 있습니다.

그러면 제 기능을 잃었지만 어느 때보다 여유로워 보이는 이 콘은 죽어있을까요, 살아있을까요? 죽어버렸을까요, 비로소 살아났을까요?

사실 콘이 여유로워 보인다는 것은 저만의 생각이에요. 콘에게는 콘만의 사정이 있겠죠. 제가 무엇을 상상하든 그 반대일 가능성이 있습니다. 저도 저 콘처럼 누워서만 지낼 때가 있었는데요. 모두 제가 그냥 졸린 거라고 생각했지만 사실 그때 저는 우울했어요.

놀린 잔디

보도블록 사이에서 자라난 풀이겠지만, 멀쩡한 잔디밭을 일부러
눌러두었다고 생각해보면 곧 블록 아래에 까맣게 구겨진 풀들을 상상하게
됩니다. 보도블록과 잔디, 이 둘의 차이를 관찰하다 보면 불현듯 이 둘 모두
원래는 자연이었다는 점을 새삼 깨닫고 놀랍니다.

보도블록의 원재료인 시멘트, 또 그 시멘트의 원재료인 바위들이 본래 모습
그대로 무성한 잔디들 사이에 규칙적으로 놓여있는 상상을 해봅니다. 그렇게
생겨난 정적인 풍경 사이로 작은 집을 짓는 상상도요.

요즘은 많은 사람이 실제 자연과는 결코 접촉하지 않으면서도 동시에
자연에 둘러싸인 기분을 느끼고 싶어 하는 것 같습니다. 생활에 불편을 주지
않을 만큼만 자연으로 채우는 인공적인 건축과 인테리어가 많아졌지요.

그런 니즈에서 본다면, 이 보도블록은 잔디와 직접 접촉하지 않고도
잔디밭을 거니는 기분을 들게 해주는 아주 트렌디한 도보라고도
할 수 있겠네요.

버스 여행

여행 글자

'인제' '신남' 두 지역명이 붙어있는 표지판 사진이 인터넷에서 한창
떠돌았던 것이 기억납니다. 인제에 신남이라는 지역이 있다는 걸 그때
알았습니다. 그런데 인제에는 '원통'이라는 지역도 있다는 걸 아셨나요?
신남과 원통이라는 목적지로 운명이 엇갈린 두 버스입니다.
그렇지만 생각하면 행선지는 결국 같아요. 인제로 간다는 것이 핵심입니다.
지역명이 아닌 사전에 등재된 '인제'의 첫 번째 뜻은 '바로 지금'입니다. 역시
기분보다는 당장 현재 벌어지는 일들이 중요하겠죠. 또, 만약 목적지가
있다면 지금 이 순간 벌어지는 일들은 피할 수 없는 흐름이라는 것도요.
그리고 기분은 정말로 작은 지역들과 같아서, 언제든 이 버스처럼 스스로
옮겨갈 수 있을 거라고요.
무엇보다 이걸 발견하고 혼자서 재미있어했던 순간을 생각하면 즐거움은
어디에서든 찾을 수 있는 것이라는 기분이 들어 용감해집니다.

생명의 나무

어느 여름, 부천을 방문했습니다. '부천 영화제'를 알게 된 이후 여름마다
부천에 가는 것이 꽤 소중한 일 중 하나가 되었습니다. 무덥다고 하기에는 2%
모자란 날씨에, 깜깜한 상영관에서 기이한 여운을 가진 영화들을 보고, 그
기운이 더위에 증발하기 전 차가운 커피 한 잔을 마실 수 있는 날들이 1년에
그리 많지 않다는 것을 알게 되었기 때문입니다.

이날은 알게 된 지 얼마 안 된 분과 부천에서 영화를 보고 하루를 온전히
함께 보내기로 한 날이었습니다. 부천은 꽤 이상한 도시였습니다. 우선 이런
이상한 영화제를 한다는 것이 이상합니다. 아파트에는 온통 애니메이션
캐릭터들이 그려져 있었습니다. 또 당시 들은 일행의 말에 따르면 부천의
마을은 색깔이나 과일 이름이 붙는다고 하더군요(예: 포도마을).

우리는 지는 해를 따라 한참을 걸어 저녁 영화를 볼 상영관에 도착했습니다.
오래된 쇼핑몰이었는데, 건물 내부의 조도가 묘하게 낮아서 탁한 연둣빛을
띠고 있었습니다. 90년대 영화나, 인터넷에서 종종 보던 꾸며낸 이異세계
글에서 볼 법한 그런 조용한 건물이었습니다. 그런데 지도 속 건물
가운데 도넛처럼 빈 공간에 커다란 생명의 나무가 있는 것이 보였습니다.
지도가 말하는 방향으로 갔더니 그곳에는 거대한 가짜 나무가 있었어요.
생명이라기엔 애초에 살아있던 순간이란 것이 없는 건조한 조형물이
(건물의 1/3 정도 되는) 거대한 빈 공간을 채우고 있었습니다.

우리는 뿌리에서부터 나무둥치의 끝까지 투명한 엘리베이터를 타고
올라갔습니다. 꼭대기 층에서 피가 흥건히 튀기는 코미디 영화를 관람한
뒤 다시 죽음의 나무를 타고 내려왔고, 어느새 캄캄해진 밤공기에 흐릿한
얼굴을 하고 헤어졌습니다.

유독 낯선 하루여서 그랬는지, 종종 그날이 생각납니다. 약간은 서먹한
사람과 여행한 이상한 도시, 두꺼운 가짜 나무껍질과 짙은 침묵이
떠오릅니다. 그리고 이제 그분과는 그전보다 더 친해져서 식물 덕후의
취미를 공유하는 사이가 되었지요. 서로 '진짜' 생명의 나무를 주고받는
사이랄까요? 아직 아주 작은 삽수들에 불과하지만요.

소름 돋은 나무

#자연 #풍경

우연찮은 계기로 식물 세계에 입문한 뒤 주변 식물들이 눈에 들어오기 시작했습니다. 생활 반경에 이렇게나 많은 종류의 식물이 있었다니 여태 알지 못했던 것이 이상합니다. 뭣도 모르고 사진만 찍던 식물들에 대해 제법 아는 체를 할 수 있게 되어서 기쁘고, 이름 모를 관리인의 원예 실력에 감탄할 수 있게 되었다는 것만 해도 세계가 넓어진 기분입니다. 한편으로는 중노년에 즐겨야 할 취미를 너무 앞당긴 것 같은 기분도 드는데, 그래서 끝까지 남겨두고 있는 영역이 있으니 바로 나무(목본木本류)입니다. 나무란 아직 제가 감당하기에는 너무 커다랗고 깊은 생태계처럼 느껴져서요. 실제로 나무는 생물들의 아파트와 같다고 하니까요. 내성적인 성격 탓에 사람 한두 명과 공생하기도 힘든데 아직은 그렇게 큰 네트워크를 제 삶의 영역으로 끌어들이고 싶지가 않은 거죠.

나무 중에서도 가로수나 정원수로 많이 쓰이는 늘푸른나무들은 워낙 서로 비슷비슷하게 생긴 지라 구분하기가 영 쉽지 않습니다. 그래도 이 중 측백나뭇과만큼은 항상 구분해내곤 하는데요. 물론 흔하기도 하지만 자주 보는 공포영화의 화면 속 모습으로도 익숙하기 때문입니다. 인위적으로 잘 다듬어놓은 숱 많은 상록수는 가끔 기묘한 느낌을 줍니다. 반대로 방치된 채 무성하게만 자라있어도 또다른 스산한 분위기가 듭니다. 기본적으로 짙은 색상에 채도가 낮고 빽빽하기 때문일 거예요. 아무렇게나 자란 모습이 마치 도깨비불 같기도 하고요. 이런저런 생각을 하다 보면 나무들도 우릴 보면서 비슷한 생각을 할까 싶습니다. 큰 나무에는 영혼이 있다는 이야기가 자주 공포영화에 나오거든요. 게다가 공포영화의 단골 결말은 가장 무서운 것은 결국 인간이라는 내용입니다. 나무에게 영혼이 있다면, 게다가 내성적인 나무라면, 제가 나무를 가까이하는 것을 두려워하듯 수많은 인간이 이뤄놓은 네트워크와 사회를 내려다보며 진저리를 치지 않을 수가 없겠죠. 아마 인간이 근처에 오는 것도 싫지 않을까요?

저도 이 사진을 나무 가까이 가서 찍었는데, 마침 이 소름 돋은 나무 사진이 증거가 될 수 있겠네요.

명생

언제부터 있었는지 모를 낙후한 여인숙촌에서 찍은 사진입니다. 이런 거리를 지나칠 때마다 다닥다닥 붙은 간판에서 간결하지만 강렬한 이름들을 보게 됩니다. 영생, 광명, 평화, 낙원…. 개중 가장 눈길을 끄는 간판을 찍어보았습니다. 무슨 마음으로 지은 이름일지 궁금합니다. 영생이란 인간에게 있어 오랜 염원이자 금기 중 하나니까요. 수상할 정도로 한적한 이 거리와 함께 대비되는 원색의 이름들이 도시 위에 기름처럼 둥둥 떠있습니다.

어딜 가든 같은 공간에서도 외딴 마을처럼 느껴지는 이런 거리가 단순한 숙박업소가 모인 곳이 아닐 수도 있다는 것은 커서 뒤늦게 알게 된 사실입니다. 예로부터 이런 구역이 지구 어딜 가나 혐오와 범죄에 노출되기 쉬운 곳이라는 사실을 떠올리면, 이런 이름들의 어감에 스며있는 종교적인 비장함이 그저 말뿐인 것처럼 가뿐하게 지나가지는 않습니다. 마치 무언가 초월해버린 사람들의 마지막 평화가 간판의 두세 글자 안에 꾸역꾸역 담겨있는 것처럼 느껴진다고 할까요.

옥상 놀이터

어쩐지 폴리포켓 장난감 같은 풍경입니다.

건물 옥상에 변압기를 포함해 자잘한 설비, 쓰레기, 화분과 함께 놀이기구가 알록달록 널브러져 있습니다. 싱가포르는 국가 차원의 도심 녹화 정책으로 건물의 층마다 정원이 있는 곳이 많습니다. 옥상은 더더욱 그 노력이 두드러집니다. 높은 곳에 올라서서 멀리 빌딩 숲을 바라보면 반은 진짜 숲이라고 해도 좋을 정도로 식물들이 얽혀있답니다. 그런 초록으로 둘러싸인 빌딩 숲 한가운데 시멘트 건물 위에 덩그러니 얹어진 놀이터는 마치 엉성하게 만들어진 소품인 것처럼 낯선 느낌이 듭니다.

과거에 싱가포르는 '리콴유[1]의 인형의 집'이라는 불명예스러운 별명이 있었다고 합니다. 그래서 싱가포르에는 알록달록하게 '만들어진' 풍경들이 많고 그렇게 지어진 풍경들이 다시 만드는 특유의 아이러니한 장면들 또한 있지요. 그래서 이 나라를 좋아하지만, 이런 이유로 이곳을 좋아해도 괜찮은지는 조금 혼란스럽네요.

[1] 싱가포르의 초대 총리

완벽한
포토존

라오스의 어느 공원에 있는 포토존입니다.

앉아있는 토끼의 서비스 정신 투철한 포토제닉한 모습과 얼굴에서 느껴지는 스타성, 카메라 렌즈를 들이대면 딱 맞는 구도를 조성하는 조경, 햇빛(조명)까지 다 갖추고 있습니다.

단 한 가지 문제가 있었는데 그건 토끼의 옆자리가 비어있음에도 불구하고 이미 이 장소가 그 자체로 완성되어 있었다는 점입니다.

이곳에서 토끼와 함께 여러 장의 사진을 찍었지만 이토록 조화로운 곳에 외부인이 끼는 것은 거의 초대받지 않은 손님의 난입에 가까웠습니다. 사람이 토끼 옆자리에 들어가니 화면이 가득 차서 부담스러운 느낌이 드는 데다, 해를 정면으로 마주하는 자리라서 앉은 사람은 눈을 거의 뜰 수 없기까지 했죠.

결국 건진 것은 이 사진 한 장뿐입니다.

초롱초롱한 가짜 눈을 뜬 토끼의 자신만만한 포즈가 이해되는 포토존이었습니다. 가끔은 빈자리로 남겨야 하는 곳이 있다더니 이곳이 바로 장소군요.

울렁울렁

흰 구름 같이 울렁울렁한 건물 외벽의 곡선이 특이했던 어느 병원입니다.
병원 간판의 서체를 포함해 고전적이고 둥글둥글한 인상을 주는
건물이었습니다. 오랫동안 봐왔지만 한 번도 들어가 볼 일이
없었는데 코로나 바이러스가 유행하던 겨울에 예방접종을 받기 위해
처음으로 방문했습니다.
건물 내부의 인테리어는 마치 앤티크 갤러리에 온 듯 따뜻한 분위기로,
굴곡진 계단과 벽에는 고풍스러운 액자까지 걸려있어 한국에서 보기 드문
병원의 모습이었습니다. 그리고 1층에는 아무것도 없고 거울이 달린 짧은
복도만이 있어 더욱 특이했습니다. 계단을 올라가니 나온 병원에는 나이
드신 할아버지 원장님이 계셨는데요. 여기서 이 독특한 병원을 완성한
마지막 포인트는 원장님께서 의사 가운이 아닌 체크 셔츠와 무늬 있는 니트
조끼를 입고 계셨다는 점입니다.
짧은 방문이 끝나고 병원 1층의 오렌지색 복도를 나서다 멈춰 눈보라가 치고
있는 유리문 바깥 풍경을 문득 바라보았습니다. 현실과는 아주 먼 장소로
여행을 온 듯 이질감이 드는 순간이었습니다. 그러다가, 이 둥글둥글한 흰
병원이 눈 쌓인 풍경과 무척 잘 어울리겠다는 생각을 했습니다.

이번 여름, 같은 장소를 지나치다가 큰 공사 천막을 보게 되었습니다.
오랫동안 그곳에 있던 병원이 이전한다며 건물이 전부 철거되었더군요.
겨울을 닮은 건물이라고 생각했더니, 이렇게 눈처럼 녹아 없어질 줄
알았다면 그런 생각은 하지 말 걸 그랬습니다.

의자 위의
털가죽

오래전 졸업 전시에 장모 패브릭을 작업 재료로 사용했습니다.
막상 저도 모르게 물성에 이끌려 샀던 재료들을 어떻게 쓸지 고민하다가
아무렇게나 던져놓곤 했는데, 그럴 때마다 덩어리진 모양이 마치 숨이
붙어있는 형태로 보였습니다.
사실 거기서 뭘 더 어떻게 해야 할지 그땐 몰랐습니다. 날것인 그 모습
그대로 두어야 할 것 같았습니다. 털가죽은 털가죽인 상태로 의자에서 쉬고
있고, 그런 시간이 영원히 필요해 보였으니까요.
그리고 저 털가죽 뭉치는 늘 누군가 위에 앉아버려서 납작해지곤 했던
기억이 납니다. 살아있지 않아서 절대 터지지는 않았고요. 바람만 사방으로
푹석 빠졌답니다.

전철 정거장

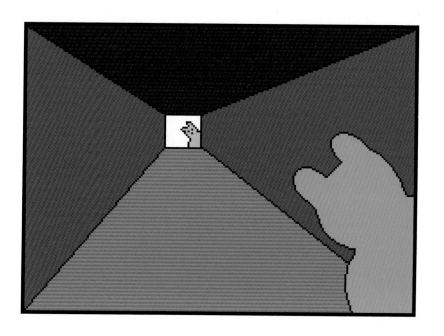

여름에 자주 열차를 기다렸던 전철 정거장입니다.

겨울에는 이런 노출된 지상 정거장이 반갑지 않지만, 봄과 여름에는 철로와 어우러지는 상쾌한 풍경을 구경할 수 있어 좋아합니다. 열차가 지나다니는 철로 반대편에는 철로와 비슷하게 생긴 텅 빈 통로가 있습니다. 오고가는 차나 사람 없이 풀만 무성히 자라는 터널입니다. 허리를 기울여 안을 보면 엘리베이터의 마주 본 거울을 들여다보듯 무한으로 뻗어 끝이 아득한 길에 꼭 빨려들어 갈 것 같은 기분이 들죠. 엘리베이터 거울 속 통로와 다른 점이 있다면 이 길은 실제로 가볼 수 있는 길이라는 점입니다.

늘 마음먹기 전에 열차가 도착하는 탓에 실천해보지는 못했지만, 과연 가로막힌 벽을 따라 쭉 걸어가면 어떤 곳으로 가게 될지 궁금합니다.

지친 의자

누가 강제로 기르는 듯 묶여있는 의자.

탈출을 포기한 것처럼 낡고 지쳐서 반쯤 누워있습니다. 탈진한
노인들의 모습을 통해 가끔 본 적이 있는 이완된 자세입니다. 주저앉지
않은 것이 대견할 정도입니다.

만약 누군가 이 의자에 앉아 몸을 기댄다면 주저앉는 것은 그 사람이
될 것입니다. 의자가 부서지면서 크게 다치거나 목숨이 위태로워질
수도 있습니다.

벼랑 끝에 선 의자에는 역시 앉지 말아야겠죠.

차 안의
호박

꽤 오래전, 어느 날 친구의 자동차 문을 열었다가 본 늙은 호박입니다.
왜 호박이 있었는지는 기억이 잘 나지 않네요. 그냥 서울 사는 대학생 차
안에 담요를 덮은 커다란 호박이 있다는 게 의외였던 것 같습니다. 친구가
평소 핼러윈을 챙기는 타입도 아니었으니까요. 친구 차는 당시 뒷좌석이
없었는데요, 그래서 저도 그날은 영문 모를 이 호박 옆에 앉아 이동했습니다.
이 사진이 기억에 남는 이유가 또 하나 있습니다.
그 친구는 후에 열렬히 수박을 좋아하는 사람이 되었기 때문입니다.
처음으로 친구 집을 방문하기로 한 날 들른 마트에서는 우연히도 '멜론
축제'라는 행사를 하고 있더군요. 사과만 한 귀여운 크기의 애플수박을
사서 〈이제는 뒷좌석이 있는〉 친구의 차에 탔는데, 그 친구의 차에는 이미
더 실제 같고 훨씬 더 귀여운 크기의 미니 수박이 매달려 있었습니다.
새삼 둘러보니 온갖 수박들이 다 있더군요. 찢어진 수박, 조각난 수박,
보송보송한 수박, 방금 말한 초미니 수박 등 다양했어요. 그렇게 온갖 수박이
주렁주렁한 차를 타고 달려 친구 집에 도착했는데, 신발장에 수박 신발이
있었습니다. 요즘에는 수박을 직접 키우기까지 한다고 하네요.
언젠가 그 친구의 차 안에서 비치타월을 덮은 커다란 수박과
마주치는 날이 올까요?

창밖의 비상구

#여행 #자연 #풍경

경의중앙선은 인내심의 한계를 시험하는 노선입니다. 기본적으로 배차 간격이 길고 승객이 많아서 앉아 가기 어렵습니다. 전에는 하필 퇴근 시간대에 본가에 가야 할 일이 있어 케이크와 꽃을 들고 경의중앙선을 타게 되었습니다. 또 하필 짐칸이 없는 열차라 밀려드는 사람들 사이에서 머리 위로 케이크와 꽃다발을 치켜들고 앞으로 중요한 하루를 보낼 예정임을 어필해야 했는데요. 불행히도 그 안의 많은 승객은 이미 그들만의 하루를 보내고 난 후였습니다. 케이크 상자가 가차 없이 구겨지는 것을 보니 눈물이 나더군요…. 30분간 사투 끝에 사자후를 지르기 직전에야 열차에서 빠져나올 수 있었습니다. 넝마가 된 꽃다발과 케이크 상자를 가지고 집에 도착해서야 울분을 터트렸어요. 이런 걸 뭐라고 하죠? 종로에서 뺨 맞고 한강에서 눈 흘긴다? 꽃을 든 김 첨지 같은 걸까요? 어쨌든 한국 고전문학에서 나올 법한 날이었습니다. 엄마가 차려주신 밥 먹고 잠잠해진 것까지 완벽했네요.

이런 지옥의 문산행 경의중앙선에서도 여름 한정으로 유일하게 좋은 순간이 있습니다. 창밖의 휑한 철로 풍경을 한참 지나치다 보면 어느 순간 열차 칸 전체가 녹음에 휩싸이는 구간(강매역 부근)에 천천히 들어섭니다. 차창이 빈 곳 없이 푸른 이파리들로 가득 차는데요. 녹음에 유리창의 푸른빛이 덧씌워져 이 세상 것이 아닌 것처럼 현실감이 없는 풍경입니다. 역사 내에 서있던 순간부터 내내 기다려오던 청명한 비상구의 빛입니다. 열차는 아주 잠시 동안만 멈춰있을 뿐입니다.

문이 열렸다가 닫히는 짧은 순간 동안 늘 내릴까 말까를 수십 번 고민하지만 아직 내린 적은 없습니다. 굳이 비상구의 밖을 확인할 필요가 있을까요? 가끔은 비상구의 바깥이 아니라 비상구를 비추는 그 푸른빛만이 필요한 순간이 있는 것 같습니다. 문이 닫히면 혼잡한 머릿속을 차창 너머에서 본 무성한 푸른빛으로 비우고…. 그래야 아직 남은 20분을 더 갈 수 있단 말이에요. 그런 도피처로서의 초록빛이 주는 내면의 안식이, 목적지까지 가기 위한 원동력이 되는 열차입니다.

크리스마스 묘지

크리스마스 시즌, 미국 뉴저지의 한 묘지입니다.

기독교와 뿌리 깊은 인연이 있는 이 나라에서 성탄절은 전 국민이 가족과 함께 누리는 큰 명절입니다. 예수님의 탄생일을 기념하는 시즌에 묘지를 간다니 기분이 이상했습니다. 마치 삶과 죽음의 교차점에 있는 것처럼 느껴졌기 때문입니다.

관광지가 아닌 해외의 묘지를 가는 것은 처음이었는데 막상 도착하니 한국의 것과는 다르게 허허벌판이었습니다. 묘비의 이름들이 전부 하늘을 바라보듯 땅에 깔려있어 걸을 때마다 누군가의 얼굴을 밟지 않게 조심해야 했습니다. 천천히 걷다 보니 많은 묘비에 크리스마스 장식이 되어있는 것을 볼 수 있었습니다. 저 멀리 곳곳에 놓여있는 아기자기한 장식들이 나름 귀여운 풍경을 만들고 있었습니다. 작은 트리가 산타 모자를 쓰고 있고… 묘비에 크리스마스 리스가 덩그러니 올려져 있기도 했죠. 이 귀여운 풍경은 큰바람이 불면 한순간 전부 사라질 것처럼 위태롭게도 느껴졌습니다. 지탱할 곳 없는 맨바닥에 가벼운 장식을 올려놓는 사람들의 마음은 어떤 것일지 상상했습니다. 오히려 굳은 심지와도 같은 믿음이 있어서 가능했을지도 모릅니다. 쓸쓸함은 별개의 사건이겠죠.

이 묘지에는 이모부가 계셔서 이모와 함께 크리스마스 인사를 드리러 간 것인데요, 이모는 먼 옛날 이모부가 떠나신 뒤로는 홀로 몇십 년 동안 말도 잘 통하지 않는 타지에서 일하며 두 딸을 키우셨지요. 처음 뵙는 이모부의 묘비에 대해서는 잘 기억나지 않습니다만, 그곳에서 어떤 심지보다도 굳은 마음이 바로 옆에 있음을 문득 깨달았던 것이 생각납니다. 이모의 인생은 제가 감히 가늠할 수 없는 삶과 죽음의 교차로 그 너머의 것이 아니었을까요.

몇 년 뒤, 한국에서 할머니의 장례식이 있었습니다. 발인 날 아침, 절친한 친구가 전화해 아기가 태어났다는 소식을 전했습니다. 삶에 몇 번 없을 아이러니한 순간이라는 생각이 들자 그때의 크리스마스의 묘지 풍경이 떠올랐습니다. 이곳저곳에서 바람이 불어오지만 계속해서 사람들이 찾아오고 장식을 놓아두고, 또 나무가 자라나는 풍경 말입니다.

팬티|

#여행 #사물

해변의 어느 옷 가게에서 발견한 속옷입니다.

당시 예상치 못하게 쫄딱 온몸이 젖는 바람에 급히 새 속옷이 필요해서 구매했습니다. 이 프린트로 말하자면, 영문은 모르겠지만 아름다운 풍경입니다. 석양빛 속의 로맨틱한 구름이 만든 황홀경이 굳이 팬티에 인쇄되기에는 아까운 그림이지요.

다들 같은 생각을 했는지, 친구가 이 그림을 보고 감탄하더니 여러 장 사진을 찍어 〈당시 모두가 이용하던 SNS인〉 페이스북에 업로드하고 말았습니다. 친절하게도 출처에 제 이름을 태그해서요. 그렇게 만천하에 저의 새 속옷이 공개되었습니다.

이제는 스스로 이렇게 더 널리 공개할 수 있을 정도로 태연해졌습니다만, 당시에는 이 속옷을 실제로 입고 있었으니 제겐 꽤 큰 사건일 수밖에 없는 일이었습니다.

그 노을 지는 팬티에 대해 생각하느라, 그날 그곳 해변의 실제 석양 풍경이 어땠는지는 애석하게도 전혀 기억에 없네요.

사물과

3

Elephant

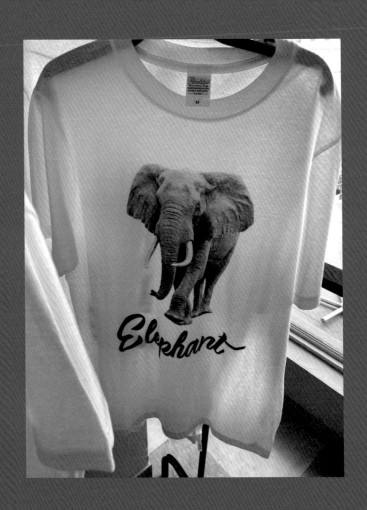

대전 오월드 기념품 가게에서 마음에 드는 티셔츠를 발견했습니다. 크게 특별할 것 없는 대상을 홍보하고 있습니다. 디자인에 큰 정성을 쏟지 않은 것 같은 점이 좋습니다. 그 노력이 딱히 그 대상을 위한 것이 아니라는 점도 포인트입니다. 보통 이런 기념품 가게의 물건들은 장소를 홍보하기 마련인데 그런 단서는 하나도 없습니다.

늘 이런 고풍스러운 흘림체의 문자들에게 허를 찔려왔습니다. 장식적이고 고풍스러운 스타일에 어울리는 내용을 기대하게 하니까요. 그러나 이 티셔츠는 필기체로 멋들어지게 써진 제 이름과 평범한 제 얼굴이 박힌 티셔츠와 별반 다를 게 없습니다. 이런 언밸런스한 당당함을 동경할 수밖에 없는 것은 저뿐일까요? 본인을 포함한 모두가 웃을 수 있는 멋있는 척이란 누군가 뻔뻔한 티셔츠를 디자인하듯 제 인생을 설계해주지 않으면 불가능한 일인 것처럼 느껴집니다.

강치 박제

박제란 삶에 가깝게 재현된 죽음입니다.

속이 빈 채 낡아버린 고목의 공허함을 닮았습니다. 제가 여태 목격했던 모든 죽음이 그랬습니다. 모습도 촉감도 마치 죽어서 마른 나무 같거나, 털이 붙은 죽은 나무 같거나, 또는 실제로 죽은 나무이거나 했죠. 아무리 잘 다듬어진 박제도 푸석한 털과 가죽에서 죽음의 흔적을 벗기 어렵습니다. 의안은 애초에 보는 것이 없고 얼굴은 잘못 재현된 몽타주처럼 어색합니다. 그런 몽타주로 대상이 평생 지니고 살았을 삶의 표정을 추적하기란 어려운 일입니다.

이 강치의 사나운 얼굴도 생전과는 아주 달랐으리라고 짐작해봅니다. 배경으로 재현된 서식지의 모습도 마찬가지입니다. 박제된 동물들은 죽음 뒤의 껍데기가 겪는 그다음을 보여줍니다. 이 강치가 있는 가짜 해변은 〈상상 속이 아닌 현실의〉 사후세계일까요? 삶이라고 부르기엔 영 아닌 것 같고, 같은 곳에서만 머무르니 여정이라고 말하기도 애매하니까요. 한곳에서 움직이지 못하고 영원히 같은 얼굴로 이곳을 지키고 있을 껍데기들에게 표정이 단 한 가지만 있어야 한다면, 역시 최선은 이런 얼굴이어야만 할 것 같기도 합니다.

개의 영혼이
담긴 호리병

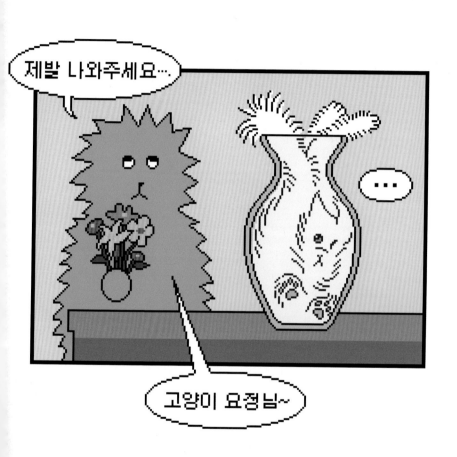

사람보다 큰 키를 한 호리병입니다.

이토록 리얼한 개의 얼굴 프린트라면 실제로 개의 영혼이라도 봉인되어있는 게 아닐까요? 개의 영혼 중에서도 램프의 요정 지니처럼 영험한 힘을 가진 개의 요정이 살고 있지 않다면 존재하는 이유를 설명할 수 없는 유니크한 병입니다.

도자기가 이 정도로 거대하니 건물 고층인 이곳에 배달하기도 쉽지 않았을 것 같아요. 제가 만약 이 상품을 배송한 택배 기사였다면, 땀을 뻘뻘 흘리며 옮기던 상자의 내용물을 깨달은 순간 박스를 내리쳐서 산산조각 냈을지도 모릅니다. 앗, 물론 이 괴악한 호리병이 마음에 들지 않아서가 아니라 강아지 요정 지니를 만나서 소원을 빌기 위해서이지요.

그리고 무슨 소원을 빌지는 조금 고민을 해야겠지만… 만약 그 순간이라면 무심코 이런 물건이 세상에 나오지 않게 해주세요라고 빌어버릴지도 모르겠습니다.

금이빨 사는
금이빨

#캐릭터 #간판

금이빨 캐릭터입니다.

그런데 이빨이 있습니다. 일종의 프랙털(?) 구조입니다. 이 캐릭터를
만들면서 고뇌했을 디자이너를 상상해보았습니다. 이빨 캐릭터인데 이빨이
있어야 할지 없어야 할지 나름 큰 고민이 들었겠지요. 그런 금이빨이
금이빨을 매수합니다. 인간으로 치면 인신매매 격입니다. 그런 생각을
하다 보니 캐릭터치고 얼굴이 조금 사악합니다. 인신매매 수준의 일을 하는
것을 감안하더라도 눈만 보면 유독 악마에 씌어진 이빨 같은데요(정확히
말하면 씌어졌긴 했는데 악마는 아니고 금이 씌어졌습니다). 귀신이나
악마에 씌었다는 말은 비유로 사용되기도 합니다. 그렇게 해석한다면
금에 씌어졌다는 말은 일종의 물질주의에 정신이 팔렸다는 말로도 풀이할
수 있겠네요. 그래서 금니를 매수 중이군요. 이빨이 이빨을 사고파는
세상이라면 금니야말로 이빨 세계에서는 가장 사악하고도 비싼 거래
품목일 테니까요. 하지만 금니가 다들 비유적인 의미로 '금에 씌어졌다'고
가정한다면 저 금니 캐릭터는 시장에서 금니 구하기가 쉽지 않겠습니다.
다른 금니들도 금니를 구하고 있을 가능성이 크니까요. 아, 그래서 저렇게
광고판을 세워두었군요. 앗! 그런데 생각해보니 본인을 파는 방법을
선택할 금니들도 있을 테니 공급을 찾는 게 그렇게 어려운 일이 아닐지도
모르겠어요…. 역시 그래서 '금니 삽니다'라고 해놓았군요.
이런 존재가 인간 외에 또 있다는 가정 하나만으로도 세상이 조금 더
어지러워진 기분입니다. 여기까지 생각이 미치니 이 표지판은 경고문
그 자체일 수도 있겠다는 생각이 듭니다. 매매할 때의 '삽니다'가 아닌
생生으로서의 '삽니다'로, 존재 자체를 경고하는 것이죠. 지구에 이런 악마
같은 금니가 살고 있어요라는 뜻으로요.
아까의 캐릭터 디자이너를 다시 떠올려봅니다. 어쩌면 인간과 비슷한
모습일수록 본능적인 불쾌함을 불러일으킨다는 것을 아는 이가 고도의 계산
아래 디자인한 캐릭터가 아닐까요? 인간의 모습과 가까울수록 불쾌함을
느낀다니, 제 생각에 이건 유전학적 회피의 문제가 아닙니다. 오늘도
인간으로 산다는 것에 대해 경각심을 얻는 하루입니다.

녹은 인형들

#사물 #캐릭터 #여행

길을 걷다 종종 인간들에게 저주나 복수를 약속하듯 비명을
내지르는 인형들을 만날 때가 있습니다.
저는 오래된 인형에게 가끔 영혼이 깃든다는 이야기를 반 정도 믿는
편입니다. 그렇지만 이 인형들은 영혼이 있다 한들 큰 위협이 되지 않겠군요.
그럴 기력이 없어 보이니까요.

돌의자 키티

#사물 #캐릭터

의자가 되는 저주에 대해서 들어본 적이 있나요?
평생 앉지도 눕지도 못한 채 남들의 엉덩이에 깔아뭉개지는 벌입니다.
돌이 되는 저주도 오랫동안 입으로 전해 내려온 벌입니다.
아무것도 못 하는 상태로 영원히 돌로 굳어 점점 풍화되고 부서져
가는 벌이죠.
그렇다면 돌이 된 후 의자로 만들어진 이 키티는 대체 어떤 끔찍한 죄를
저지른 것일지 궁금해집니다.

돌 타르트

고정관념에서 정반대로 뒤집힌 농담들은 언제나 매력적입니다.

먹을 수 없는 것의 대명사로 불리는 것들이 뻔뻔하게 음식 흉내를 내거나,
음식이 사물 흉내를 내는 농담처럼 말입니다. 전자의 예시로는 멋지게
플레이팅 된 돌, 후자의 예시로는 먹을 수 없는 사물 모양으로 구운
케이크 등이 있습니다.

이 흐름으로 보았을 때, 이 사진에 나온 타르트는 고도의 이중 농담으로 된
디저트라고 볼 수 있겠습니다. 베이킹이 원체 섬세하고 복잡한 작업인 것을
안다면, 투박한 돌이 타르트가 된 농담이 태연하게 그 사이에 끼어들은 것도
놀랍지 않은 일입니다.

동물가족동물들

#동물 #사물 #여행

관광지의 저렴한 기념품 가게에서 발견한 가죽 인형들입니다.

별생각 없이 찍었던 인형 사진이 지금 보니 조금 오싹하게 느껴집니다.

진짜 가죽이 아닌 인조 가죽일 것으로 생각합니다만, 동물의 피부

또는 피부와 비슷한 재질의 재료로 동물을 다시 만드는 일은 아무리

생각해도 호러입니다!

이날은 가만히 있어도 땀이 흐를 정도로 무더운 날씨였던 걸로 기억하는데

그 더위가 참을 만하게 느껴졌던 이유가 바로 여기 있었군요.

맥시|멀리|스트

井사|물

항상 이렇게 꼭 필요한 게 있을 때만 돈이 부족합니다.

불쾌 돼지

〈 이 책을 기억에 남게 만들
몇 개의 작은 그림들 〉

감정에 카오스를 불러오는 돼지입니다.

의중을 알 수 없는 기묘한 표정이 불쾌한 골짜기를 건드려서 친구와 저는 이 돼지를 한동안 '불쾌 돼지'라고 불렀습니다. 웃는 건지 우는 건지 모를 이 돼지처럼, 즐거운 건지 싫은 건지 모를 감정의 혼돈이 이 사진을 볼 때마다 몰아칩니다.

이 기묘한 조각이 별난 곳에 있었냐고요? 아니요, 유명 관광지의 큰 식물원 구석에 장식으로 놓여 있었답니다. 이 돼지 덕분인지 그 식물원에 방문했던 순간이 여전히 뚜렷하게 기억나는군요. 이 돼지를 볼 때 드는 혼란스러운 마음과는 달리 당시 즐거웠던 감정도 생생하네요.

가끔 이런 충격적인 이미지가 기억에 도움이 되는 것 같습니다.

샌드위치 목마

어린이 놀이터에 있는 흔들 목마(?)를 발견하는 일은 즐겁습니다. 〈제가 갔던 놀이터들만 그랬을 수도 있겠지만〉 놀이터마다 각각 다른 디자인의 목마가 있기 때문입니다.

이 목마는 특이하게도 샌드위치 모양입니다. 아이가 앉으면 아이가 샌드위치 재료가 된 모습을 구경할 수 있는 목마이지요. 사실 목마를 타는 아이가 있으면 그걸 지켜보는 보호자가 있거나, 또는 차례를 기다리는 다른 아이들이 있기 마련입니다. 그들에게도 구경하며 기다리는 즐거움을 선사하기 위한 디자인이 아닐까 생각해봅니다. 샌드위치가 된 채 좌우로 흔들리는 아이의 모습은 꽤 귀엽고도 희귀한 풍경일 것입니다.

심연의 숨숨집

고양이들이 숨어서 쉬는 용도로 만들어진 숨숨집.

이 숨숨집은 입안에 심연이 존재하네요. 심연을 오랫동안 들여다보면 그 심연 또한 당신을 들여다본다는 니체의 유명한 한마디를 좋아하는 사람이라면 구매를 고려해볼 가치가 있는 디자인입니다. 왜냐하면 이 숨숨집의 심연(입)을 들여다볼 때마다 그 안의 고양이와 눈이 마주치면서 해당 문장을 떠올릴 수 있을 것이기 때문입니다.

니체의 말에 관심은 있지만 어둠이 두렵다고요? 문제없습니다. 이 숨숨집은 입안의 어둠보다도 더 깊고 어두운 얼굴을 가졌으니까요. 어둠을 마주하지 않고도 개념적인 의미에서의 심연에 접근할 수 있습니다.

(관심은 있지만) 어둠도, 개념으로서의 심연도 두렵다고요? 이 또한 문제없습니다. 언제든 마음을 위로해주는 고양이가 숨숨집에 함께 있을 테니까요.

영특한 강아지

강아지 산책 알바를 한 적이 있습니다.

산책하는 친구 중 시바견 친구가 한 마리 있었는데, 하도 가자는 곳으로 움직이지 않은 적이 많아 알아보니 시바견이란 원래 목적이 있는 산책을 좋아하는 종이라는 말이 있었습니다.

마침 점점 날이 더워져 길에서 씨름하는 것이 버거워지고 있을 무렵이었습니다. 그래서 어느 날은 강아지가 가자는 대로 무작정 걸어보기로 했는데요. 웬일로 열심히 걷던 강아지는 점점 사람이 많은 번화가를 향해 가더니 한 가게의 대문 앞에서 멈춰 섰습니다.

그곳은 강아지 아이스크림을 파는 아이스크림 가게였습니다! 이 친구의 영특함에 감탄하는 것도 잠시… 저는 이 똑똑한 강아지를 다시 설득하느라 진땀을 빼야 했습니다.

왜냐하면 하필 그날은 가게가 일찍 마감한 날이었기 때문입니다.

더위 속 실랑이와 멀어지겠다는 그날의 다짐은 저 멀리 사라지고, 왜 아이스크림 가게로 들어갈 수 없는지 이해하지 못하는 강아지와 길거리에서 역대 산책 중 가장 긴 씨름을 하게 되었습니다. 길거리에 덩그러니 서있던 오랜 시간 끝에 후드득 소낙비가 내리기 시작하자 강아지는 천천히 집으로 향했습니다. 무척 불만 어린 모습이었습니다. 비 사이를 헤치며 돌아온 그날 이후, 너무 무더운 산책 날에는 그 아이스크림 가게에서 하드를 사주는 것으로 화해했습니다.

지금 생각해보면 이 영리한 친구가 그날 아이스크림을 포기하고도 남을 만큼 긴 시간을 기다렸던 것은, 화가 난 나머지 제게 비를 맞히기 위한 목적도 있었던 것이 아닐까 하는 생각도 듭니다. 이렇게 똑똑한 친구가 산책 전 그날 날씨를 미리 확인하지 않았을 리가 없으니까요.

용띠

#동물 #글자 #캐릭터

어느 지하철역 벽에 그려진 십이지+二호 그림입니다.

용의 눈에 한자로 용이 적혀있고 여의주도 턱 아래가 아닌 머리 위에 올라가

있습니다. 눈에 적힌 용龍용龍과 용띠를 되뇌여 보았습니다.

용용용띠용용용띠용용용띠용… . 띠용?

'띠용'이라는 단어에 도달했습니다.

'띠용'이라는 표현만이 설명할 수 있는 상황이라는 게 있다는 것이 가끔

거짓말 같습니다.

웃는 고양이와 개

건치 미소를 가진 고양이와 개.

동물들 사이에서 이빨을 드러내는 것은 공격적인 행동이라고 합니다.

고양이와 개 둘 다 자의로 드러낸 이빨이 아닌 만큼 이 미소는 그런 의도가 아니었던 것 같지만, 강렬한 이미지에 마치 공격당한 기분이 드는 것은 어쩔 수가 없네요.

원숭이 산

#동물 #캐릭터 #여행

일본 규슈의 어느 원숭이 공원을 대표하는 캐릭터입니다.
원숭이가 사는 산의 상징이기 때문에 산 모양 원숭이 마스코트가 되었습니다.
한 팔만 들고 있는 다른 마스코트들과 다르게 두 팔을 벌리고 있어 더욱
신나 보입니다.
사람도 외관으로 사는 지역이나 공간에 대한 단서를 유추할 수 있거나,
또는 역으로 사는 곳으로 생김새를 상상할 수 있습니다. 저도 이미 어느
정도는 도시 모양새의 사람인지도 모르겠습니다.
산에서 원숭이의 이미지를 떠올리는 것과 원숭이에게서 산의 이미지를
떠올리는 것 중 어느 쪽이 더 수월할까요?
제가 만약 '도시 모양의 ooo'이라면, 저를 보는 사람들은 도시를 먼저
떠올릴까요, 아니면 저라는 인간이 먼저라고 생각할까요?

어찌 되었든 저는 마스코트는 할 수 없을 것 같습니다. 두 팔 벌려
환영하는 일을 하기에는 기력이 부족하거든요.
도시에는 저와 같은 사람들이 대부분이니, '도시 모양 사람 마스코트'란
영원히 없을지도 모르겠습니다.

쥐

동네 카페에서 커피를 마시고 있는데 뭔가 사람이 아닌 것과 눈이
마주쳤습니다.

배수로에서 고개를 빼꼼 내민 쥐였습니다. 이곳은 주택을 개조한 구조의
카페였는데요, 저는 쥐를 무서워하지 않는 편이라 단순히 쥐의 집 앞
마당에서 커피 한잔한다고 생각하며 마저 시간을 보냈습니다.

최근 어느 날 다시 가보니 이 카페는 브런치와 식사를 제공하는 세련된
인테리어의 레스토랑으로 바뀌어 있었습니다. 저와 함께 방문한 모두가
만족했을 정도로 음식이 맛있었어요.

둘러보니 건물의 모든 것이 바뀌었지만 쥐가 등장했던 배수로만은
그대로였습니다. 메뉴에 잔뜩 올라간 양식 위주의 메뉴들을 깨닫자 주방을
향해 저절로 눈길이 갔습니다. 쥐가 사람과 협력해 레스토랑에서 요리한다는
내용의 유명 애니메이션의 장면이 머릿속을 스쳤기 때문입니다.

그 쥐… 지금 주방에서 어느 누구의 머리 위에 올라가 있는 걸까요?

못 본 새 이토록 성공했다니, 쥐에게서조차 배울 점이 있는 세상입니다.

현대적 미끄럼틀

#사물 #동물

특이하게도 얼굴이 없는 공룡 미끄럼틀입니다.

보통 동물 미끄럼틀이란 동물의 몸이 머리까지 온전히 함께 있으면서 아이에게 가상의 동물 친구와 함께하는 추억을 만들어주곤 합니다만, 이 미끄럼틀은 다릅니다. 남의 목을 미끄럼틀로 타고 내려왔을 때 당사자(?)와 눈이 마주쳐야 하는 죄의식이나 부담감은 없겠습니다만, 마치 척추가 뽑힌 듯 그로테스크한 외관이 기존 동물 미끄럼틀의 '함께한다'는 감각과는 차원이 다른 공허감을 선물합니다.

머리가 없으니 공룡의 목 내부 단면을 그대로 드러낸 느낌이 드는데, 껍데기만 남은 목을 타고 아이들이 내려오는 모습이 죽은 공룡의 배 속에서 탈출하는 모습처럼 보일 것입니다. 땅 밑에 잠든 공룡의 모습을 굳이 재현한 다음 그 가죽을 타고 놀며 지배하는 작은 인간들의 풍경이 만들어지는 것입니다.

하지만 자고로 공룡이란 이 시대에서는 볼 수 없는 생물이다 보니 환상의 동물처럼 취급되지요. 어떤 모습을 하고 있든 실존하는 생명체에 비해 윤리 의식을 갖기 힘들고 가공용 이미지로서도 허용되는 범위가 넓습니다. 그리고 요즘은 각종 생물과 접촉하여 전염되는 바이러스 등에 대한 우려가 큰 시국인 만큼 비대면 가상 서비스가 대세인 면도 있죠.

낯선 비주얼입니다만, 이 목 없는 공룡의 모습이야말로 현대적이고 새로운 시대의 미끄럼틀일 수도 있겠다고 생각을 해봅니다.

호박 넥타이

성의 없는 디자인의 넥타이입니다.

저는 '성의 없다'는 말을 좋아합니다. '성의 없음'이란 사전 풀이에 의하면 '정성스러운 뜻이 없다'는 것인데, 어느 정도 의도가 있지 않고서는 성립되기 어려운 모순적인 태도이기 때문입니다. 악의 없는 무성의조차도 사실은 다른 곳에 의도가 쏠려있어서 벌어지는 일이 아닐까요? 어쨌든 그 말에서 의도가 존재를 숨기기 때문에 태도의 앞뒤 상황을 뭉뚱그려 대충 휘갈긴 농담처럼 만들어버리곤 하는 것 같습니다. 의도를 눈동자로 비유한다면, 눈동자가 없지는 않으나 각기 다른 곳을 보고 있는 만화 같은 말인 것이죠. 대충 그린 그림이나 대충 던진 말 한마디가 세상에서 가장 웃길 수 있는 것처럼, 저는 그 말 또한 불손한 함의에도 불구하고 미완된 태도가 동반되기 때문에 비로소 완성되는 그런 어정쩡한 우스꽝스러움이 있는 것 같습니다.

의도에 대해 말하자면 무성의란 성의가 없고자 하는 의도이기 때문에, 무성의한 디자인이라는 말이 성립될 수 있습니다. 디자인이야말로 의도와 목표 없이는 결코 진행될 수 없는 일 중 하나니까요. 디자인은 무성의와는 달리 눈동자가 정확한 곳을 바라보고 있는 말입니다.

이 호박 넥타이는 무성의라는 말이 디자인의 눈을 점점 사시로 만드는 과정에서 제작되었습니다. 디자이너는 호박을 어떻게 효율적으로 기다란 넥타이 안에 배치할까 생각하다가, 그냥 크기 순서대로 쌓는 것으로 마무리했습니다. 직관적인 만큼 건성으로 보이는 넥타이가 되었네요. 이 과정에서 소요되었을 시간을 가늠할 수 없는 결과물과 그 성의 없음 앞에서는 화를 내거나 또는 웃을 수밖에 없습니다. 설령 화가 나더라도, 무성의한 결과물이 또 다른 성의로 새롭게 이용되는 모습을 보면 웃지 않을 수 없는 아이러니에 빠지게 됩니다. 이 넥타이를 사서 주변의 어이없는 실소를 보고 싶다는 강력한 욕구, 선물했을 때 받는 이의 허탈함을 노리겠다는 의지, 또는 직접 매고 나타나 파티의 넘버 투(넘버 원까지는 어렵겠죠)가 되겠다는 꿈. 이런 것들이 바로 그런 모순에 해당합니다.

환대 곰돌이

분명히 환영하는 포즈를 의도하고 만들었겠지만, 어떻게 보면 투명 밧줄에 사지가 찢기는 중인 것 같기도 한 곰돌이입니다.

일상에서도 이런 모습을 본 적이 있는 것만 같습니다. 웃으며 환대해주지만 보이지 않는 올가미에 포박당한 망부석 같은 모습이요. 영혼 없는 얼굴에… 슬쩍 보기에도 차갑고 딱딱하게 굳어있는 몸까지 말입니다. 언젠가 미팅하러 나갔던 회사의 사람들이었던가요….

그리고 길거리에서 이런 우스꽝스럽게 경직된 캐릭터들을 만났을 때 가장 즐거워하는 어른들도 떠올려보면 거의 그런〈회사로부터 혹사당하는〉 사람들이었다는 점도 아이러니한 점이네요.

아웃트로에 어울리는 몇개의 사진들

부족한 글을 읽어주셔서 감사합니다.

(모든 글은 과거의 제가 적은 것으로 지금의 저와는 괜찮다 많이 달라졌을 수 있습니다.)

초판 1쇄
2022년 11월 28일

지은이
000(정세원)

대표이사 겸 발행인
박장희

제작 총괄
이정아

편집장
조한별

책임 편집
우경진

마케팅
김주희 한륜아 이정연

디자인
6699프레스

발행처
중앙일보에스(주)

주소
서울시 중구 서소문로100(서소문동)
(04513)

등록
2008년 1월 25일 제2014-000178호

문의
jbooks@joongang.co.kr

홈페이지
jbooks.joins.com

네이버포스트
post.naver.com/joongangbooks

인스타그램
@j__books

Copyright 000, 2022
ISBN 978-89-278-6699-2 (03810)

중앙북스는 중앙일보에스(주)의
단행본 출판 브랜드입니다.